Limpieza CON Sorpresa

por Christine Loomis

Ilustrado por Julie Brillhart

Traducido por Aída Marcuse

SCHOLASTIC INC.

New York   Toronto   London   Auckland   Sydney

E
Spanish

Text copyright © 1993 by Christine Loomis.
Illustrations copyright © 1993 by Julie Brillhart.
Spanish translation copyright © 1995 by Scholastic Inc.
All rights reserved. Published by Scholastic Inc.
Designed by Bill Smith Studio, Inc.
Printed in the U.S.A.
ISBN 0-590-55214-7

1   2   3   4   5   6   7   8   9   10   09   01   00   99   98   97   96   95   94

—Niños —dijo un día
la señora Klunk con energía.
Hoy vamos a trabajar
antes de jugar.

Juntemos los cordones
que hay en los rincones.

Bajo el tobogán hay latas,

bajo los columpios,

y entre las matas.

Juntemos
lo que hay alrededor
de nuestro árbol acogedor.

Limpiemos lo que hay debajo
del sube y baja. Dará trabajo,
pero el patio de recreo
quedará como nuevo.

Alfonso, Raquel,
Ambar, Lía,
Moisés, Miguel,
y María,

Rita, Tita,
Roberto y Manuel
se vistieron ligero,
y llegaron primero.

Pronto cada chico
estuvo listo y dispuesto.
Todos, menos Federico,
que no hizo ni un gesto.

Federico no quería
ir con los demás.
Así que se dirigió a la fila
lo más despacio que podía.

—¡Estoy cansada de esperar!
—dijo Rita al pasar.
Moisés frunció el ceño, enfadado.
Federico parecía malhumorado.

En el patio, Tita
por todos lados miró.
Una pluma violeta
fue lo primero que
encontró.

En el suelo, recogió Raquel
dos grapas para papel,
monedas entre los abrojos
y labios de plástico rojo.

Roberto ayudó
a Manuel
a levantar
un bate pesado.

Rita buscó por todos lados,

pero Federico se quedó sentado.

—Yo no quiero juntar basura.
—¿Por qué no? Si te apuras
—dijo la señora Klunk—, estoy segura
que te divertirás, como los demás.

—No, no lo creo,
—dijo Federico—. No me dará gusto.
Y con un mohín de disgusto
se fue solo de paseo.

Desde las barras
Manuel señaló
pedazos de coches
y Miguel los juntó.

María, Lía y Moisés
sacaron una bolsa
del árbol
entre los tres.

Alfonso, atento,
coló la arena,
muy contento.

Ambar trabajó con ardor:
separó las tapas
de los tapones,
los tornillos
de los botones
y los corchos
de los cinturones.

Arriba, abajo,
y alrededor,
la clase, muy activa,
limpió el suelo con vigor.

¡Viva! ¡Viva! ¡Vean!
¡El patio quedó impecable!
(Sí, fue una buena idea
realizar esa tarea).

—¡Qué hermosura!
—dijo la señora Klunk.
—Y ahora —agregó con dulzura—,
¿qué haremos con la basura?

—¡Ése sí que es un problema!
—dijo Rita y calló.
La clase pensó en el tema
y Federico contestó:

—Hagamos ojos con las ruedas,

y con esto, una capa para pasear.
Después, sólo nos queda
unirlos con cola de pegar.

Ambar descubrió también
lo que Federico había visto bien.

—¡Miren aquí hay un brazo!

—¡Y aquí hay un zapato!

Tita halló una pierna
y un sombrero.

La señora Klunk sonrió tierna
y felicitó a Federico por su esmero.

—Qué suerte que has venido
a ayudarnos en la limpieza.
(Federico, al oír el cumplido,
enrojeció de pies a cabeza).

La clase —completa, ahora—
construyó, pegó,
dio forma y pintó
sin sentir pasar las horas,

hasta que el proyecto
se terminó.

—¡Vaya! —exclamaron a coro—,
—¡este objeto vale oro!

—Y ahora sabemos que provecho
podemos sacar de los desechos.
Señora Klunk, ¿habrá otra sorpresa
en nuestra próxima limpieza?

*Para Fran Klunk y todas las maestras
de jardín de infantes, que cuidan
e inspiran a nuestros hijos; y para Molly,
que me inspira a mí.   C.L.*

DATE DUE

NOV / 2 2003	
JAN 1 8 2005	
MAR 0 1 2006	